단발머리
담덕

단발머리 담덕

초판 1쇄 인쇄일 2019년 5월 10일
초판 1쇄 인쇄일 2019년 5월 17일

지은이 신성화
펴낸이 양옥매
디자인 송다희 임승순
교 정 조준경

펴낸곳 도서출판 책과나무
출판등록 제2012-000376
주소 서울특별시 마포구 방울내로 79 이노빌딩 302호
대표전화 02.372.1537 **팩스** 02.372.1538
이메일 booknamu2007@naver.com
홈페이지 www.booknamu.com
ISBN 979-11-5776-724-3(03810)

이 도서의 국립중앙도서관 출판시도서목록(CIP)은 서지정보유통지원 시스템
홈페이지(http://seoji.nl.go.kr)와 국가자료공동목록시스템
(http://www.nl.go.kr/kolisnet)에서 이용하실 수 있습니다.
(CIP제어번호 : CIP2019015323)

단발머리 당덕

| 신성화 지음 |

책과나무

PROLOGUE

2018년 9월 군 입대한 작은 형아를 그리워하는 담덕이의 모습을 담아 소박한 책을 만들어 보려 합니다.

담덕은 해질 무렵이면 창밖을 바라보며 오지 않는 형아를 계속 기다리고, 남아 있는 냄새를 찾는 듯 형아 침대 위에서 코를 킁킁거리고 끙끙거리며 그리워했어요.

contents

담덕이를
소개합니다

'저 커다란 하얀 뭉치는 뭐지?'

2층으로 올라가는 나무 계단에 커다란 흰 뭉치가 보인다. 가까이 다가가 보니, 팔베개를 하고 누군가를 기다리는 커다란 흰 개의 모습이다.

몇몇 손님들과도 친분이 있는 이 아이의 이름은 '담덕'. 그런데 담덕이 누굴 기다리는 거냐고?

담덕은 1층 가게에서 일하고 있는 엄마를 기다릴 때면, 늘 이렇게 2층으로 올라가는 나무 계단 위에서 팔베개를 하고 누워 있다.

이 아이의 이름을 모르시는 분들은 '커다란 개', '계단에 있는 흰 개', '귀여운 친구', '멋진 개', '아슬란', '곰이다.'등등 나름의 방식으로 담덕을 찾곤 한다.

이름을 아시는 분들은 대개 이렇게 말씀하신다.

"담덕 볼 수 있어요?"

"오늘은 담덕이 안 보이네요. 보러 왔는데….."

"덕이 계단에 있네요!"

담덕이 집으로 들어간 사이 누군가가 담덕을 보고 싶어 하면 나는 큰 소리로 담덕을 부른다.

"담덕, 담덕. 너 보고 싶어 하셔~ "

그럴 때마다 담덕은 어김없이 계단을 내려와 사랑스러운 얼굴을 보여 준다.

주민등록증

담덕(Dam Deok)
130206-1803747

대구광역시 ○○ ○○○○ 747

대구광역시 팔공산

담덕은 2013년 2월 6일 오후 1시에 태어난 흰색 삽살개로, 남자아이이다.

얼른 이름을 지어 불러 주고 싶었던 우리는 토종 삽살개에게 어울리는 이름을 찾게 되었고, 결국 우리가 존경하는 위대한 광개토 대왕님의 어릴 적 이름인 '담덕'으로 정했다.

우리는 담덕의 세 번째 생일을 맞이하여, 주민등록 번호를 만들고 주민등록증을 선물해 주었다.

'130206 - 1803747 '

130206 : 2013년 2월 6일 날 태어나서

1 : 남자아이

803 : 팔공산에 살아서

747 : 우리 집 주소 뒷자리 숫자

사실 담덕은 태어난 지 두 달쯤 지난 사월 중순에 이미 다른 집에 입양되었다가 거절당한 아픔이 있는 아이이다. 우리는 엄마, 아빠와 두 형아들이 사는 우리 집으로 담덕을 데려왔다.

　아직 날씨가 차고 해질녘 어둑한 시간, 담덕과 함께 집에 도착했다. 이 아이가 낯선 환경에 두려워할까 봐 밖이 아닌 야외 허드레 창고 안에 박스를 깔고 보금자리를 마련해 주었다. 집 안에서 개를 키워 본 적이 없던 우리는 당연히 밖에서 키울 거라 생각했던 것이다.

밤새 이 아이가 궁금했던 나는 이른 새벽 남편을 깨워 함께 창고로 향했다. 창고 문을 열었는데, 혹시라도 어둠을 무서워할까 봐 약하게 켜 둔 전등 아래에서 담덕이 폴짝폴짝 뛰며 고개를 갸우뚱, 또 폴짝폴짝 뛰며 고개를 갸우뚱하더니 '왈왈왈왈~' 짖는 게 아닌가?

"나는 이런 곳에 있을 애가 아니에요!"

그렇게 말하는 것 같았다. 나는 그 사랑스러움에 넋이 나가 "욕조에 물 받아, 아기 씻길 거야!"라고 큰 소리를 질렀고, 각자의 방에서 아직 자고 있던 두 아이들은 환호성을 질렀다.

4월의 벚꽃과 함께
시작된
담덕의 계절

이 아이가 우리에게 온 4월부터 담덕의 계절은 시작되었다.

담덕을 못 키우겠다고 내놓은 분들께 감사를 드린다. 덕분에 이 사랑스럽고 품위 있는 아이는 금세 로즈마리, 라벤더, 레몬버베나, 애플민트 등의 허브와 농원에 있는 느티나무, 새, 벚나무, 라일락, 소나무, 두꺼비…, 무엇보다도 우리들과 가족이 되었다.

느리게 오는 팔공산의 봄은 4월이 되어야 비로소 와 닿는다. 겨우내 여유로웠던 몸을 움직여야 되는 시기가 온 것이다. 온실의 허브들을 농원으로 옮기고 작은 화분에 옮겨 심고 돌보는 아침이면, 담덕은 주위를 떠나지 않고 늘 함께한다.

엘리와 그레이스는 입구 테라스에 있는 두 벚나무의 이름이다. 우리에겐 세상에서 제일 우아하고 아름다운 벚나무들이다.

테라스 안쪽으로 곧게 자존심을 내세우며 도도한 친구가 '엘리'이고, 입구길 쪽으로 아름드리 가지를 드리워 여름에도 큰 그늘을 만들어 주는 친구가 '그레이스'이다.

2003년 이곳으로 이사 와서 해마다 맞이하는 사월의 벚꽃축제 기간이 되면 우리는 이 고마운 벚꽃 친구들 덕분에 터질 듯한 행복을 그저 얻게 된다.

빨강머리 앤이 벚나무에게 '눈의 여왕'이라고 부른 이유를 느껴 보게 해 주는 엘리와 그레이스는 담덕이 아침마다 첫인사를 하는 친한 친구들이다.

담덕과 함께하는
5월의 전원생활

　오월의 어느 날 아침 농원에 나가 보면 돌계단, 장독대 돌 틈, 라일락 향기 지나간 그 아래 땅 위로 보라색 크리핑 타임이 마법처럼 펼쳐져 있는 것을 보게 된다.

담덕은 일찍부터 일하는 나를 따라 아침 7시쯤 농원으로 산책을 나온다. 4월부터 11월 추수가 끝날 때까지는 잡초 뽑고 식물들 물 주고 수확하고…. 농원 일을 하며 무척 바쁜 나날을 보낸다. 그런 엄마 곁에서 담덕은 묵묵히 두세 시간 이상을 같이한다.

봄·가을에는 덥지 않아 실컷 놀기 좋지만 여름이면 무더위에 지쳐 이삼십 분쯤 놀다가 느티나무 그늘 아래에서 엄마를 바라보는 방향만 바꿔가며 내가 농원 일을 끝내기를 기다린다. 그 모습이 어찌나 귀여운지~!

추운 겨울에는 반대로 담덕은 더 놀자 하는데, 엄마는 머리부터 발끝까지 꽁꽁 감싸고도 추워 담덕에게 그만 들어가자고 조른다.

아침 산책은 비가 오나 눈이 오나 하는 편이다.
담덕은 첫날 안방 드레스룸에 오줌을 눈 이후,
아빠로부터 배변 교육을 받고 나서는
이틀 만에 대·소변을 실수한 적이 없다.

이후 아침 산택을 하면서 농원에 있는 오른쪽 살구나무 밑에 매일
응가를 하기에 우리는 담덕의 건강 상태를 확인할 수 있고, 또 집 안
에서의 번거로움도 없어 더없이 좋다.

지금도 첫날 오줌 눌 장소를 찾아 안방 깊숙이 들어갔을 담덕을
상상하면 절로 우음이 나온다.

아침 산책이 끝나면 우리가 '그린 게이블즈'라고 부르는 야외 부엌에서 담덕은 매일 씻는다.

이곳은 담덕이 오기 전, 남편이 손수 지어 준 고마운 공간이다. 전원에서 살기에 가끔씩 찾아오시는 반가운 분들을 위해 예쁘고 따뜻한 부엌이 필요하다며 부탁했었는데, 남편은 2009년부터 3년 동안 몸과 마음이 여유로운 시간에 내가 원하는 대로 지어 주었다.

이 깊고 널찍한 싱크대에서 담덕은 매일 20분 정도 내가 직접 만든 천연 허브 입욕제로 깨끗이 씻고 단정하게 털을 빗는다.

담덕은 매일 아침 한두 시간 정도의 산책을 끝내고 깨끗이 씻은 후에는 집에서 생활한다. 그러다 가끔 엄마를 따라 외출할 때는 유모차에 타거나 따뜻한 엄마의 품에 안기거나 업힌 채로 다닌다. 어느정도 걸어야 하는 경우에는 빨간 양말을 신고 다닌다.

일주일에 한 번 남편이 꼼꼼한 손길로 담덕을 목욕시킬 때면, 나는 푹신한 면이불을 소파에 씌우고 큰 수건을 준비해서 담덕이 목욕 후 개운하게 그 많은 털의 물기를 없앨 수 있게 준비한다. 아기 때부터 드라이기를 사용하지 않고 장소를 옮겨 가며 자연스레 털을 말려 왔다.

목욕이 끝날 때쯤이면 담덕은 얼른 소파에 뛰어 올라가 푹신한 이불 위에서 뒹굴고 싶어 '웅얼웅얼~' 우리끼리 통하는 말을 한다.

"두두두~!"

이건 담덕이 물기를 털 때마다 귀여워서 우리가 가르쳐 준 의성어다.

6월,
담덕의 변신

하루도 같은 날이 없는 팔공산의 자연은 큰 선물이다. 살랑살랑 불어오는 바람이 전하는 여운과 더 진해지기 전 연한 연둣빛이 섞여 있는 나무들의 모습은 설렘 그 자체이다.

곳곳에 자리 잡은 애플민트는 옆을 지나치기만 해도 아침잠을 다 날려 버릴 만큼 산뜻한 향으로 몸과 마음을 기분 좋게 깨워 준다.

해마다 미리 선주문을 하고 기다리시는 손님들을 위해
카모마일을 수확하고 건조하는 일은 즐거움이다.
꽃잎 하나하나 손으로 따야 그 하얗고 노란 얼굴을 예쁘게
간직할 수 있기에 서둘러야 한다.

아침 7시가 되기 전, 지나가는 차 소리나 사람 소리가 거의 없는 이곳은 온갖 새들의 노래 연습실 같다.

날아다니는 새들과 친구가 되는 게 어렵다는 것을 담덕에게 가르치기란 쉽지가 않다. 푸드득 산으로 날아가 버리는 새들을 쫓아갔다가 멍하니 쳐다보며 하염없이 기다리는 모습을 곧잘 보게 된다.

산에 사는 친구들에게 날아간 새가 아쉬워 담덕이 폴짝폴짝 뛰며 흥분을 감추지 못하면, 나는 담덕의 머리를 쓰다듬으며 이렇게 말해 주곤 한다.

"담덕, 너에겐 엄마와 아빠와 형아들이 있잖아.
우리가 친구가 되어줄게."

가끔 온실 안으로 작은 새가 들어왔다가 출구를 찾지 못해 헤매고 있으면 담덕은 나에게 쏜살같이 달려와 알려 준다. 온실의 유리가 투명하니, 밖인 줄 알고 나가려다 계속 머리를 부딪쳐 죽은 새를 보았기에 우리는 긴 빗자루를 들고 이리저리 휘저으며 얼른 친구들에게 돌아갈 수 있도록 바깥으로 안내한다.

액운을 쫓는다는 삽살개는 털이 길고 많은 데다 눈을 가리고 생활하는데, 담덕은 앞머리가 짧은 단발이다. 집 안에서 주로 생활하기에 우리에게는 단발을 한 담덕이 더 친근하고 어울릴 것 같아서 단발머리를 선택했다.

　남편이 담덕의 단발머리를 손질해 주는데, 그 덕분에 우리는 담덕의 초롱초롱하고 맑은 눈을 바라볼 수 있고 담덕도 만족해하는 것 같다.

여름이 다가와 날씨가 더워지면 농원에 있는 테이블 위에서 긴 털을 조금 더 짧게 잘라 준다. 가위를 서너 번 짝짝 부딪히며 "지지-"라고 말하면 담덕은 위험한 것, 조심해야 되는 것으로 알아듣고 움직이지 않은 채 가만히 있다.

자른 털이 잔디밭에 제법 하얗게 떨어진 것 같아 어느 정도 손질한 담덕을 일으켜 보면 여전히 털이 많아 우리는 깔깔깔 웃어 버리곤 한다.

첫해에는 두 아이들이 잘려 나간 담덕의 털마저도 아깝다며 일 년을 넘게 모았다. 그래서 앞치마를 만들고 남은 광목으로 베개 속통을 만들어 모아 둔 담덕의 털을 넣어 보았는데, 만져 보면 부드러운 털이 천 사이로 빠져나와 그만둔 적이 있었다.

담덕과
7월의 허브

장마나 태풍을 피해 페퍼, 스피아, 애플민트, 레몬버베나, 레몬그라스 등의 허브를 수확하고, 뜨거운 햇살을 견딜 수 있게 해 뜨기 전 식물들에게 물을 듬뿍 주고, 허브보다 더 잘 크는 일반 잡초들을 호미로 해결하는 여름은 강한 체력을 요구한다.

　물론 털이 많은 담덕에게도 힘든 시기다. 모기와 각종 벌레들로부터 보호하기 위해 시트로넬라 스프레이나 유칼립투스와 레몬그라스 같은 허브 우린 물을 몸 전체에 뿌리고 이른 새벽부터 움직이는 나를 따라 담덕도 일찍 일어난다.

시간 가는 줄 모르고 일하다 보면 옷은 땀에 흠뻑 젖어 있고, 인내심 강한 담덕은 묵묵히 주변에서 나를 기다리고 있다. 이때 남편이 만들어 주는 시원한 아이스 허브티는 더위를 잊게 해 준다.

우리는 재료상에서 판매하는 각종 시럽이나 색소를 사용하지 않고 아이스 허브티를 만든다. 농원에서 민트류나 로즈마리, 스테비아 등을 꺾어 흐르는 물에 줄기째 깨끗이 씻은 후 서너 시간을 우려 만들기에 오래된 단골손님들은 멀리서도 찾아 주신다.

가끔씩 집 밖 동화사 방향으로 담덕과 산책할 때는 꼭 목줄을 착용한다. 우리는 담덕을 위해 두꺼운 면으로 목줄과 가슴줄을 만들고 이름과 전화번호를 새겨 넣었다.

　영리한 담덕은 한 번도 혼자 집 울타리 밖으로 나간 적이 없다. 게다가 가슴줄을 채우면 집 밖 산책인 줄을 용케 알고 목을 올려 목줄을 할 수 있게 도와준다.

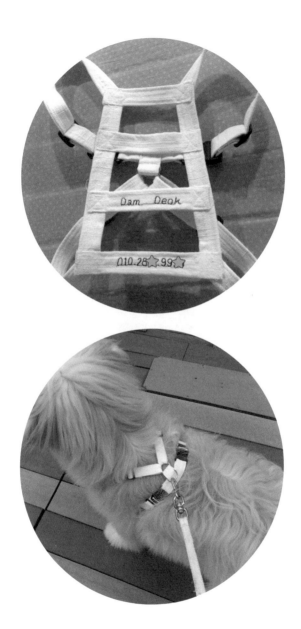

산책 후에 담덕이 좋아하는 냄새를 풍기며 내가 아침을 준비하는 날이면 부엌 싱크대 앞에서 한참을 얌전히 앉아서 기다린다.

담덕과 함께하는
8월의 가든파티

여름방학이 되면 다른 가족들처럼 멀리 여유로운 여행을 떠나지 못하는 것에 대해 두 아이들에게 늘 미안했었다. 낮에는 40도 가까이 달아오르는 뙤약볕이라 이즈음에는 아침·저녁으로 식물들에게 물을 주기에 이 많은 식물 아이들을 두고 마음 편히 떠날 수는 없기 때문이다.

8월을 제일 잘 견디는 허브가 바질과 로즈마리인 것 같다. 다른 친구들이 축축 처지거나 습기에 녹아내리거나 바싹 마를 때에도 태양을 즐기듯 더 진한 잎을 자랑하며 씩씩하다.

　우리는 해마다 광복절이 되면 가까운 지인 가족들을 초대해 소박한 가든파티를 열어 바질 떡볶이와 로즈마리에 숙성한 삼겹살, 히비스커스 와인을 만들어 먹는다.

　느티나무 그늘 아래에서 시원한 물에 발을 담그기도 하고 아이들이 뛰노는 것을 보며 시원한 아이스 허브커피와 허브차를 마시기도 한다.

우리는 담덕을 위해 얼음물을 계속 바꿔 주고 목욕 후 평상에 누워 시원하게 쉴 수 있도록 선풍기를 틀어 주기도 하고, 시원한 느티나무 아래에 벌레를 피해 방충망이 있는 작은 천막도 마련해 주었다.

두 아이들이 여름방학 때 즐겨 먹었던 라벤더 아이스크림은 직접 재배한 신선한 재료와 무첨가 두유를 사용해 만들기에 달지 않고 깔끔하다. 담덕도 맛있게 잘 먹는다.

꺼비 총각과 깜순이는 우리 집에 사는 또 다른 가족이다. 둘 다 담덕의 친구들인데, 꺼비는 두꺼비이고 깜순이는 검정색 토끼다. 두꺼비는 늘 혼자 다니기에 우리가 '꺼비 총각'이라고 부른다.

꺼비 총각이 살아 있는 파리나 지렁이를 먹는 것을 본 적이 있다. 담덕이와 마주치면 폴짝폴짝 뛰어 빨리 도망가 버리곤 했는데 이젠 서로 존중해 주며 잘 지낸다. 때로 며칠씩 안 보일 때는 궁금하고 걱정이 되기도 하지만 어느새 건강하게 다시 나타나 준다.

깜순이는 언젠가부터 온실 주변에 나타난 귀여운 까만색 토끼인데, 처음엔 담덕이를 보고 줄행랑을 쳤었다. 지금은 담덕이가 산책하는 시간을 알아 가끔씩 주변을 맴돌며 논다.

참, 수많은 지렁이도 있다. 풀 뽑기 좋은 비가 온 날 아침이면 땅에 호미질을 할 때 엄청 신경 쓰인다. 지렁이들이 많이 나오기 때문이다. 혹시나 내리치는 호미에 지렁이가 다칠까 조심하고, 햇볕에 나온 아이들이 있으면 죽을까 걱정되어 작은 나뭇가지 위에 올려 흙으로 이동시켜 준다.

담덕이 좋아하는
9월의 맛있는 바람

담덕은 엄마를 닮아 바람을 좋아한다. 우리가 좋아하는 구월에는 시원하고 맛있는 바람이 분다. 담덕도 하얀 구름과 맑은 하늘을 향해 얼굴을 높이 코를 벌름거리며 즐거워할 때가 많다.

바람이 불거나 비가 온 다음 날이면 우리는 떨어진 잔가지를 주워 말려 둔다. 겨울철 난로에 사용할 불쏘시개로 요긴하기 때문이다.

구월의 아침 산책 전, 담덕이가 두 형아들이 어릴 때 입던 반팔 티셔츠를 입고 머리에는 스카프를 두르고 아이들이 어릴 때 신던 무릎양말을 신는 건 진드기 때문이다. 진드기들이 번식하는 시기인지, 연필로 콕 찍어 놓은 것 같은 작은 진드기들이 유난히 많다.

우리는 풀밭에서 노는 것을 줄이고 남편과의 낮잠 시간을 늘리거나 잠깐씩 자주 풀이 없는 야외로 데려가기도 한다.

첫돌이 될 때까지 담덕은 채식을 했었다. 남편과 채식요리 마스터 과정 3년차 할 때라 담덕도 거의 일 년을 넘게 그 마지막 과정을 같이 다녔다.

당시 괴산에 계시던 문성희 선생님께서 기특하다며 담덕에게 『채식하는 사자 리틀 타이크』란 책을 선물로 주셨다. 엄마 사자에게 버림받은 아기 사자 타이크는 스스로 채식을 선택했다고 한다. 육식동물인 사자가 양과 뛰어놀고 사슴, 개, 고양이, 말 등과 우정을 쌓았다. 고기를 거부했던 채식사자 타이크는 평화로운 9년의 삶을 살았다.

우리는 사료를 고를 때에도 채식 위주로 선택했고 우리가 먹는 토마토와 사과, 상추, 오이, 두부, 푹 삶은 현미밥도 같이 먹었다. 아무 탈 없이 곧잘 먹는 담덕을 보며 당연하게 여겼는데 그 생각이 바뀐 건 담덕의 첫돌 때였다.

담덕이 먹지는 않더라도 기쁜 마음으로 수수떡과 여러 과일들을 준비했다. 마침 가까운 지인 한 분이 프라이드치킨을 사 오셨는데, 담덕은 그 많은 음식들 중 너무나도 당연하게 프라이드치킨을 선택했다. 우리가 손수 뼈를 발라 주니 금세 먹어치워 버렸다.

우리는 순간 우리의 아둔함에 미안했고, 이후 사료의 선택 기준도 바꾸고 닭고기도 푹 삶아 주고 있다. 물론 지금도 토마토와 사과를 잘 먹는다.

담덕에겐 마냥 신나는
10월의 가을날

단풍객이 많이 찾아오는 계절이다. 자연은 조화롭게 팔공산을 물들인다. 아침저녁이 시원하다 못해 서늘한데, 담덕에게는 마냥 신나는 제대로 된 가을이다. 마지막 거두어들일 허브들을 챙기고 화분들을 온실로 옮긴다. 우리는 허브뿐만 아니라 겨우내 먹을 대추, 표고버섯, 무 등도 모두 건조실에서 말린다.

아름다운 계절 덕분에 다른 철보다 찾아오시는 손님들이 많으니 담덕은 나와 떨어져 있는 낮 시간이 잦아 종종 창문에서 밖을 내다본다. 두 아이들이 오는 시간에도 미리 창가에 서서 기다린다. 게다가 남편이 택배 보내고 돌아오는 트럭 소리는 어떻게 아는지, 누워 있다가도 얼른 일어나 창가로 달려간다.

추위가 오기 전에 틈틈이 담덕의 건강관리도 한 번 더 신경 쓴다. 내가 가게일로 바쁜 계절이면 두 아이들과 남편이 담덕을 데리고 가까운 지인들을 찾아가 짧은 여행도 시켜 주고, 담덕의 털도 관리해 준다.

우리는 남편이 담덕만을 위해 나무로 만든 작은 식탁 위에 밥그릇을 서너 개 두고 사용한다. 분홍색 하트 물그릇은 항상 깨끗이 씻어 매번 물을 갈아 주고, 푹 삶은 닭고기나 수육 같은 고기를 줄 때는 속이 깊은 하늘색 그릇에, 사료는 속이 오목한 예쁜 접시를 두 개 준비해 먹고 나면 바로 씻어 번갈아 사용한다.

우리가 깨끗하게 신경 쓰는 만큼 담덕이 아무 탈 없이 건강하게
자라 주는 것 같아 즐겁게 그 수고를 마다하지 않는다.

11월,
담덕과 함께하는
겨울 준비

팔공산의 단풍은 11월 둘째 주까지도 아름답다. 화려한 나뭇잎들이 떨어져 바닥 곳곳을 장식한 낙엽들 옆에 있으면 하얀 담덕이 색 고운 꼬까옷을 입은 것 같다.

당장 닥쳐오는 추위를 대비하게 위해 주말이면 두 아이들도 일손을 돕는다. 긴 겨울 동안 얼지 않고 견뎌 내야 할 식물들을 위해 온실 정비를 꼼꼼히 하고 남편이 만든 테라스 위 스텐 연못도 물을 비우고 말린 후 삼각 비닐 지붕을 덮어 겨울을 준비한다. 야외에서 사용하는 수도는 다 잠그고 담요나 두꺼운 옷으로 덮어 두어야 한다. 나무 장작도 가게 안 곳곳에 옮겨 두고 소화기도 확인한다.

물론 이 모든 일을 하는 주변에는 호기심 가득한 눈을 한 담덕이 늘 함께 있다.

덩치 큰 담덕을 위해 남편이 차 안 의자 앞쪽에 나무로 받침대를 만든 후, 거친 나무판에 다칠까 염려되어 내가 방석을 만들고 남은 광목으로 꼼꼼히 덮어 주었다. 이로써 담덕은 조금 더 안전하게 앉을 수 있게 된다.

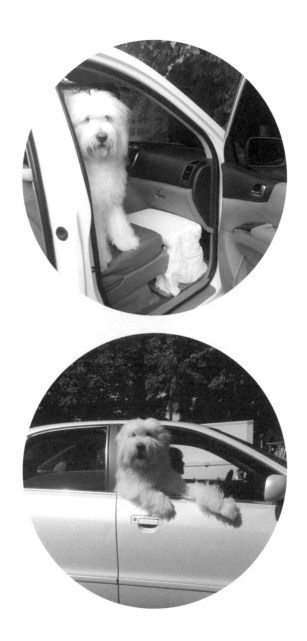

조금 여유로워지는 시간이면 장 보러 갈 때나, 두 아이들을 데리러 갈 때나 항상 담덕을 태워 다닌다. 시내버스가 다니지 않는 곳이라 늘 차로 이동하는 편인데, 담덕은 차를 타고 드라이브하는 것을 굉장히 즐긴다.

12월,
메리 크리스마스 담덕!

크리스마스가 있는 12월은 그냥 설렌다. 추수가 끝난 뒤의 한가
함이 있어 더욱 그러려니와 봄부터 부지런히 움직인 몸에 긴장이 풀
려 느슨해지는 느낌도 나쁘지 않다.

　일찌감치 김장을 해 장독대 옆 김장고(우리가 항아리에 김치를 저장하는 곳의 이름)에 꼭꼭 묻고 나면 뿌듯해진다. 다섯개의 항아리가 땅속에 들어가 있는 김장고는 묵은지를 좋아하는 남편이 만들었다. 낮은 지붕이 있고 뒷면과 옆면은 바람이 통하게 트여 있다. 앞면에만 나무로 문을 만들었는데, 여름에 강한 햇빛을 피하기 위함이다.

　김장을 하는 날이면 어릴 때부터 두 아이들도 같이 도왔다.

내가 실내에서 머무는 시간이 늘어나니 담덕도 집 안 여기저기에서 쉴 때가 많다.

　실내에서 공놀이를 하고 두 아이들과 노는 시간이 많아진 담덕이 뛰어다닐 때 신경 쓰이지 않게 바닥에 보온을 위한 카펫이나 매트를 깔지 않는다. 야외 활동이 줄어든 담덕을 위한 우리의 작은 배려다.

12월의 추위 정도는 상쾌하게 느끼는 담덕에게 실내 생활이 많은 긴 겨울은 지루할 것 같아 신경을 쓸 때가 많다. 한 번씩 큰형아가 담덕을 불러 담덕을 위한 피아노 연주를 할 때면 아주 진지하게 감상해 주기도 한다.

크리스마스를 이틀 앞두고 우리는 이곳으로 이사 왔었다.

아파트에서 편한 생활을 했었기에 팔공산의 추위와 긴 겨울나기에 대해서는 전혀 모른 채 크리스마스트리를 만들며 마냥 즐거워했었다.

한 달쯤 지나 난방비를 걱정해야 되는 현실을 마주하고서야 내복을 구입하고 털신과 두툼한 양말, 목도리를 준비했다. 경제적인 어려움이 더해 겨울이 조금 더 춥기는 했지만 그만큼 자유로웠고 낭만적이었다.

크리스마스에 그저 살짝 눈만 내려도 큰 웃음소리가 나왔고 대충 만든 오뎅 꼬치와 김치에 못생기고 두툼한 호떡만으로도 하루가 든든했다. 두 아이들이 마음껏 소리 지르고 뛰어놀며 밤새 악기를 두드려도 자연은 다 받아 주었고, 긴긴밤이 주는 고요도 마냥 포근하고 경건했다.

내리쬐는 겨울 햇살이 따스한 오후 시간이면 좋은 사람들과 따뜻한 티타임을 즐기기도 하고 크리스마스 캐럴을 크게 틀고 수다를 떨며 한 해를 뒤돌아보기도 한다.

이제는 훌쩍 커서 친구들과 밖에서 보내느라 두 아이들이 늦게 들어오는 크리스마스에는 담덕을 위해 마늘을 넣은 닭백숙을 푹 끓여 선물한다.

메리 크리스마스~ 담덕!
나무들도, 바람도, 하늘도~
올 한 해 다들 고마웠어요!

담덕에게
첫눈이 내린 1월에는

차분하게 밤새 내리는 새해 첫눈은 축복이다. 평온하게 휴식을 취하며 명상하는 시간이다. 담덕이 길게 늦잠이나 낮잠을 자는 날이면 고맙다. 이 여유로운 계절에 유난을 떨지 않아도 되니까.

우리는 새해에 찾아오시는 손님들을 위해 장작 난로에 불을 피우면서 덤으로 고구마를 굽는다. 남편은 고구마와 루이보스 허브티를 즐기고, 나는 고구마와 동치미를 즐겨 먹는다. 두 아이들과 담덕은 고구마를 으깨어 우유나 두유에 말아 먹는 것을 좋아한다.

태어나서 첫겨울을 보내던 해 눈이 내리던 날, 창문 밖으로 첫눈을 본 담덕은 신기한지 그 특유의 고갯짓으로 갸우뚱 거리며 하늘을 향해 계속 짖었었다. 남편은 눈 처음 보는 촌놈이라고 놀렸고 우리는 그 모습이 너무나 귀여웠다.

함박눈이 낯설어 잔뜩 움츠러 있는 담덕을 밖으로 데리고 나가 가만히 눈 위에 내려놓으니, 금세 왕자가 아닌 거지 모양새가 되어 뛰어다녔다.

눈을 좋아하는 담덕은 발바닥이 시리지도 않은지 한두 시간을 뛰어다녀도 지치지 않는다.

그동안 나는 따뜻한 난로 위에 깨끗이 씻은 돌을 올려 따뜻하게 데운 후, 담덕이 따뜻한 물에 씻고 나면 데운 돌을 수건으로 여러 겹 싸서 누워 있는 담덕의 배 안쪽에 넣어 준다. 두 아이들이 어릴 때에도 눈 오는 날 밖에서 신나게 놀고 들어오면 감기 걸릴까 봐 잘 때 데운 돌을 이불속에 넣어 주곤 했다.

따뜻한 돌이 썩 반갑지 않은 듯 망설이다가 담덕은 그 돌을 껴안고 잠시 따스한 잠을 청한다.

찬바람이 들어와 부엌 옆 베란다로 통하는 문이 닫혀 있는 겨울에는 담덕이 넓은 베란다에서 공놀이를 하러 나가기가 힘들다. 웬만한 미닫이문은 여는데, 이 문은 손잡이가 위쪽에 있는 일반문이다.

아빠는 그런 담덕을 위해 문 아래쪽에 담덕만을 위한 직사각형 여 닫이문을 만들어 거친 부분이 없도록 광목으로 감싸 주었다. 이제 문을 열지 않고도 밖에서든 안에서든 자유롭게 담덕이 드나들 수 있 다. 영리한 담덕은 이 문을 금방 파악하고 자유롭게 드나들며 공놀 이를 한다.

2월,
담덕의
생일을 축하하며

내가 좋아하는 책 『그리스인 조르바』에는 "지금 이 순간이 행복하다고 느끼는 데 필요한 것은 단순하고 소박한 마음이 전부였다."라는 글이 나온다.

우리에게는 2월이 딱 그렇다. 다른 달보다 날수가 적은 데에서 오는 울림도 그렇거니와 과하게 치장하지 않아도 지금이 그냥 행복하다고 느껴지기 때문이다.

담덕이 씻는 야외 부엌 그린게이블즈의 수도꼭지가 얼어 오전이 거의 지나서야 물이 나오는 날도 있다. 물이 안 나와 씻는 게 늦어지니 산책 시간을 늦추어야 한다. 이럴 땐 담덕을 안고 밖으로 나와 잠시 기분을 풀어 주며 상황을 설명해 준다.

산속 겨울이 그러려니 하고 그냥 바느질거리를 찾아 앉을 때에도 담덕은 한 번을 칭얼대지 않고 내 곁에 딱 붙어 눕는다.

2월에는 담덕의 생일이 들어 있다.

첫돌에는 채식 위주로 키웠기에 수수떡과 과일 위주로 준비해 생일상을 차려 준 후 몇몇 분들과 푸짐한 저녁을 즐겼었다.

　두 번째 생일에는 치즈케이크와 수육, 작은 아이가 선물한 프라이
드치킨 닭다리 두 조각을 준비했었는데 담덕은 오로지 닭다리만을
쳐다보며 기다리고 있었다.

　세 번째 생일에는 주민등록증을 만들어 주고 담덕이의 까만 토끼 친구 깜순이를 닮은 토끼 여행용 가방을 선물해 주었다.

　네 번째 생일에는 한우를 구워 담덕 접시에 담아 작은 고기케이크를 만들어 주었다.

　큰아이가 "해피버스데이~투 담덕~" 피아노를 연주하는 동안 고기 먹을 생각에 지겨웠던지 큰형아를 쳐다보며 얼른 마쳐달라고하는 것 같았다.

　다섯 번째 생일에는 도가니 푸딩을 만들고 고기 케이크와 구운 고구마 말아 먹을 때 좋아하는 우유까지 차려주었다.

　우리의 마음을 아는 담덕은 고기 케이크와 사료를 섞어 준 도가니 푸딩을 참 맛있게 먹었다

　여섯 번째 생일에는 큰아이가 선물한 닭가슴살과 남편이 고른 한우, 유기농 바나나와 담덕이 좋아하는 사과로 생일상을 준비했다.

163

엄마와 아빠 눈에는 늘 사랑스러운 아기로 보이는 담덕이 우리 나이 또래가 된 것 같아서 남편은 현관 입구에 담덕만을 위한 씻는 곳을 만들어 선물하였다. 담덕이 올라가기 편하게 계단이 있는 이 씽크대 욕조를 담덕은 무척 좋아하는듯했다. 겨울철 강한 추위에 때로 야외 부엌의 물이 안나와도 이젠 집 안에서 언제든 편하게 씻을 수 있게 되었다.

일곱 번째 생일에는 간을 하지 않은 소고기 미역국을 끓여 줄 생각이다.

담덕!
건강하게 오래오래 지금처럼 우리 곁에 있어 주렴!!
생일 축하해~ ♡

3월의
담덕은
낮잠꾸러기

추위는 아직 겨울인데 마음은 봄을 준비하는 달이다. 완연한 봄이 되기 전에 여행도 더 가고 싶고, 곧 아쉬워질 낮잠도 더 자 두고 싶어진다.

부지런해져야 하는 봄에 적응하기 위해 가을에 수확해 둔 레몬버베나와 페퍼민트를 섞은 허브차를 마시며 몸을 일깨우기도 한다.

아침에 일어나면 담덕은 몸을 발라당 눕히고는 쓰다듬어 달라 한다.

"담덕. 잘 잤니?"라며 웃으면 담덕도 기분 좋은 표정으로 사랑해 달라 한다. 나는 매일 담덕의 몸 곳곳을 만져 주며 노래를 불러 준다.

"

엄마는 담덕을 사랑해.

아빠도 담덕을 사랑해.

형아들도 담덕을 사랑해.

우리 예쁜 담덕, 담덕~

"

담덕을 안고 잘 때 부르는 노래도 있다.

이 노래는 〈장미〉라는 가요에 가사만 바꾼 것이다.

" 담덕에게서 라벤더향이 나네요.

지쳐 있는 나를 편하게 하네요.

엄마만 알아요. 다른 사람은 못 느끼죠.

어쩌면 담덕은 라벤더를 닮았네요.

담덕의 모습이 라벤더 같아

담덕을 부를 땐 담덕을 부를 땐

라벤더라고 할래요~ "

낮은 소리로 사랑을 담아 이 노래를 불러 주면, 담덕은 낮 시간에도 코오코오 눈을 감고 편히 잠을 잔다.

　담덕이 제일 좋아하는 장난감은 돌이다. 아마도 엄마를 닮은 듯하
다. 즐겨 노는 노란색 공이 있긴 하지만 밖에서는 주로 돌을 갖고 놀
려 한다. 물론 공을 던져 주는 담덕의 형아가 같이 있을 때에는 노란
색 공을 더 좋아한다.

　무거운 돌을 입에 물고 놀다가 치아라도 상할까 걱정되는 남편은 돌을 갖고 노는 담덕을 보면 큰소리로 혼내기에 담덕은 멀리서 아빠 소리만 들려도 얼른 돌을 뱉어 버린다. 내가 일하는 긴 아침 시간을 옆에서 묵묵히 지켜 주는 기특한 담덕이기에 나는 때로 작은 돌일 경우에는 살짝 눈감아 주기도 한다. 우리는 담덕이 골라 놓은 돌을 모아 보았고, 그중에서 담덕이 특히 아끼는 돌은 그린게이블즈 입구 창가에 담덕이 잘 볼 수 있도록 진열해 주었다.

그리고,
담덕은~

추석 성묘 갔을 때, 아빠가 담덕에게 절하는 법을 가르쳐 주었다.

담덕은 할아버지 산소에 다소곳이 절을 한 후 "엄마, 나 잘 했지?" 하며 뒤에 있는 우리들을 쳐다보았다.

첫해 여름 이갈이 할 때 잇몸이 가려운지 아빠가 다 드시고 난 맥주병을 줄기차게 물어뜯었다.

장마가 심하게 계속되는 여름날.

비옷을 입고도 마음이 안 놓여 산책 나가는 걸 미루고 있으니 이렇게 앉아서 나가고 싶다고 한참을 기다리고 있었다.

　농원에서 신나게 뛰어놀다보면 가끔 다칠 때가 있다.

　대추나무 가시에 찔린 적도 있고 돌부리에 부딪혔는지 발등이 살짝 벗겨진 적도 있다.

　그럴때면 남편이 담덕을 치료해준다.

    아빠가 상처를 소독하고 붕대를 감아주는 동안 담덕은 가만히 누워 치료가 끝나기를 기다린다. 내가 "호, 호~"불어주며"빨리 나아라."라고 말하면 그제서야 몸을 일으킨다.

    두해전 소나무 아래에서 말벌에 쏘였을 때는 오른쪽 뒷발을 들고 끙끙거리며 어찌나 아파하던지… 라벤더 오일을 흠뻑 바르고 얼음찜질을 해주는 동안 나는 계속 눈물이 나왔다.

지난해 2월 대전으로 여행을 갔다가 돌아오는 길에 빗길 교통사고를 당했었다. 영동 1터널 안에서 바퀴 16개 달린 1차선의 대형트럭이 2차선에서 잘 가고 있는 우리 차를 덮친 것이다.

뒷자리에서 자고 있던 내가 눈을 떠 보니 터널 안에서 차가 쿵쿵거리며 180도로 돌고 있었다. 순간 안전띠를 매지 않은 담덕이 생각이 난 나는 담덕을 안고 손을 깍지를 끼어 나의 두 손이 담덕의 안전띠가 되게 하였다.

우리 차는 이후 폐차 처리되었고 상대방 운전자의 100% 과실로 인정되었지만, 사람이 아닌 담덕의 치료는 보험 처리해 주지 않았다.

우리는 평소에도 인내심 강한 담덕이 아픈 것을 참고 있는 것은 아닐까 걱정되어 사고 다음 날 바로 동물병원에서 정밀 검진을 했고, 다행히 운 좋은 담덕은 아무 이상이 없었다.

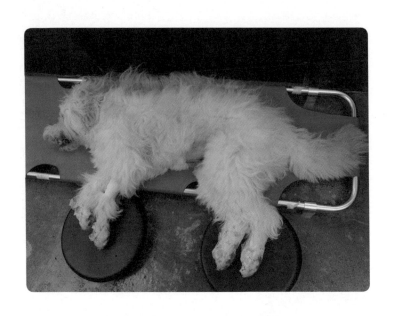

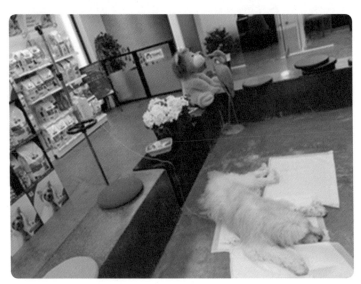

며칠 전 담덕은 잠복고환 수술을 했다.

아픈 수술을 아이에게 하기 싫어 미루었는데 병원에서 담덕의 몸에 이상이 생길 수 있다하여 하게 되었다.

처음 담덕을 데려가셨던 분들이 며칠 뒤 담덕을 내놓은 이유가 이것 때문인 듯하다.

남자아이 둘을 키운 우리는 처음 목욕을 시킬 때부터 알 수 있었다.

아빠   "어, 방울이 하나네… "

엄마   "하나니까 더 귀한 아이다."

형아들   "특별한 녀석이야~"

이미 사랑으로 담덕을 안았기에 고환이 하나인 것은 우리에게 아무런 문제가 되지않았고 오히려 더 애틋했다.

담덕이 나이가 들면서 더 미루면 건강이 나빠진다하니 우리는 몸 안쪽에 잠복된 고환을 제거하는 수술을 해야만했다.

수술 보름 전부터 매일 나는 담덕에게 왜 수술을 해야하는지 설명해주었다.

"담덕, 더 건강해지려고 하는거야.

 아파도 잘 참을 수 있지?

 엄마가 옆에 같이 있을거야."

물도 못마시고 사료도 금식하고 병원 입구에서 안들어가려는 걸 타이르며 데려가 마취하고 5센티미터 가량을 잘라 잠복된 고환을 제거했다.

원장님은 수술이 잘 되었다하셨고 담덕은 잘 견뎌주었다.

마취가 깨면서 담덕은 얼른 집으로 가고싶어하는 듯했다.

집에 왔지만 지칠대로 지쳐 물도 사료도 거부한 채 밤새 잠을 못 이루는 담덕을 보며 나는 마음이 아팠다. 대신 아파해줄 수 있다면 얼마나 좋을까?

한번 칭얼대지도 않고 힘없이 누워만 있는 담덕을 소독해주고 약 을 먹일 때마다 혼자 아프게해서 미안하다고 말해주었다.

수술 후 사흘동안 많이 힘들어하던 담덕은 잘 회복되고 있다.

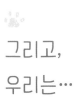

그리고,
우리는…

믿었던 친구와 의지했던 친척에게서 마음의 상처를 겪고 건강마저 심하게 나빠진 남편을 위해 자연을 선택한 나는 남편, 두 아이들과 함께 2003년 팔공산에서 새로운 삶을 시작했다. 주위에 다른 번화한 건물이 없어 자연이 그대로인 이곳이 그냥 좋았다.

주인이 직접 관리하지 않고 오리식당을 하시는 분이 세 들어 하고 있는 곳이었는데, 땅을 사고 보니 식물을 심고 싶은 곳곳이 거대하게 버려진 폐기물 쓰레기들과 오리찌꺼기, 소주병더미, 담배꽁초 등 치워야 할 것들이 산더미 같았다.

직접 농사를 지어 본 경험이 전혀 없었기에 무작정 열심히만 하면 된다고 생각한 우리는 쓰레기들을 치우고 또 치우며 땅을 살리기 위해 몸을 아끼지 않았다.

게다가 버스가 다니지 않는 곳이라 유치원, 초등학생인 두 아이들을 돌보는 것이 쉽지 않았다. 서둘러 아이들을 학교에 데려다주고 오면 땅힘을 기르고 땅의 마음을 회복하기 위해 밀을 심었다 갈아엎기도 하고 또 심으며 두 해를 넘게 땅이 우리를 이해하고 받아들여 주기를 기다렸다.

　이후 딱딱하게 버려진 것 같았던 땅의 흙이 한결 부드럽게 느껴지면서 우리는 허브들을 키울 수 있었다. 두 아이들도 학교가 끝나고 집으로 돌아오면 양동이 가득 돌을 골라내고 아빠를 도와 고랑을 만들고 온실을 만들었다.

처음부터 환경을 우선시하는 삶을 생각했기에 최대한 자연과 자연스레 어우러지는 삶을 위해 가게에서도 플라스틱과 일회용품을 거의 사용하지 않고 무엇이든 직접 만들거나 재활용하려 하였다. 제초제를 사용하지 않고 손님들이 드시고 남은 허브차 찌꺼기를 이용해 거름을 만들었고, 화장실에서 손 씻은 후 닦는 종이 티슈조차도 천연 염색한 순면 천을 잘라 바느질한 후 세탁해서 사용했다.

하나가 무너지고 쉽게 타협해 버리면 자연과 어우러져 살려는 우리의 삶이 흔들린다는 생각에 화학적인 것, 부자연스러운 것은 단호하게 거부하다 보니 나의 몸은 몇 배로 더 힘들었다.

얼었던 땅이 풀리는 봄부터 첫 추위가 오기 전 늦가을까지 잠시도 쉬지 않고 몸을 움직여야 했다. 식물을 심고 잡초를 뽑아 주고 더위를 피해 그늘을 만들어 주고 양껏 물을 주고 수확하고 건조시키고 온실로 옮기고….

두 아이들도 그렇게 최선을 다해 잘 키우고 있다고 생각했었다. 그런데 작은아이가 초등학교 4학년일 즈음 울먹이듯 내게 말했다.

"엄만 왜 우리 아빠랑 결혼해서 우리를 힘들게 해요? 다른 아빠와 결혼했으면 우리도 우리 아빠를 만나지 않았을 거잖아요. 같이 등산도 가고 자전거도 타고 축구도 하고 영화도 보러 가고… 우리와 같이 놀아 주는 아빠가 필요하다고요!"

순간 무언가 잘못되어 가고 있다는 생각이 강하게 들었다.

아이들 눈빛만 보아도 무엇을 원하는지 알고 있다고 생각했었는데, 그 아이들이 사랑을 못 느끼고 있단 말인가. 내가 아무리 최선을 다해 뒷바라지를 한다고 해도, 아파트에서 편하게 살며 친구들과 자유로웠던 아이들을 산에 데려오면서 아이들이 겪어야 할 그 외로움을 헤아릴 순 없었던 거다.

남편 역시 가족들을 위해 거친 일을 마다하지 않았기에 지쳐 있는 듯했다. 그러나 그건 어른들의 생활이고, 아직 어린 아이들은 같이 눈높이를 맞추어 얘기를 들어 주고 사랑을 표현해 주는 아빠가 필요했던 것이다.

특히 큰아이의 사춘기는 중학교 1학년 가을부터 대학교 2학년 때까지 길고 아주 깊게 지나간 듯했다. 나는 이 아이의 마음을 읽는데, 남편은 이 아이의 행동을 본인만의 바른 잣대로 해석해서 읽어 버렸다.

아빠와의 불협화음으로 아이가 마음 아파하는 게 엄마인 내 눈에는 보이는데 그럴 때마다 남편은 더 강하게 행동했고, 그건 절대 바뀔 것 같지 않았다. 살얼음판 위를 걷는 듯한 나는 아이들이 청소년기를 보낼 동안 몇 년 만이라도 남편이 사라져 주었으면 좋겠다고 마음속으로 수없이 되뇌었으니까.

바르게 행동하고 가족들을 위해 애쓰는 남편이 분명하고, 두 아이들도 착하고 예의바르게 잘 자라는 게 맞는데 그 속에서 분출되는 약간의 어긋난 에너지는 나를 많이 힘들게 했다. 농원에 나와 자연 속에서 생각해 보면 별일 아닌 하찮은 일들이 남편과 큰아이가 함께하는 생활공간 속에서는 보이지 않는 거대한 전쟁이 되는 듯했다.

자식 이기는 부모는 없다는데 나는 이기고 살 거라는 남편과, 그런 강한 아빠를 둔 탓에 마음을 닫아 버리는 큰아이로 인해 몹시 지쳐 있던 그 즈음에 담덕이가 우리에게로 왔다. 우리가 먹고 마시는 것들이 우리의 몸과 마음을 만든다는 생각을 깊이 하면서 고집불통인 남편을 바꿔 보고픈 마음을 먹고 어렵게 남편을 설득해 같이 채식요리 수업을 들으러 괴산까지 다니던 때였다.

그리고 아버지가 우리에게서 떠나 버리신 그해 4월이었다. 편찮으신 아버지를 뵈러 갈 때마다 여러 번 작별 인사를 하고 돌아왔지만 막상 떠나시고 나니 쉽게 감당이 안 되던 그 봄에 마치 아버지가 나에게 주시는 선물처럼 아버지 돌아가신 뒤 일주일쯤 지난 어느 날, 담덕이 우리에게 왔다.

사실 담덕이 오기 전 우리에게는 '민트'라는 아이가 있었다. 아주 멋지게 생긴 골든리트리버였다. 갓바위 쪽 전원주택에 사는 친구 집에 갔다가 우연히 알게 된 아이였다. 식당을 하던 분이 시내 쪽으로 이사를 가면서 이 아이를 데려가지 못하고 아무도 없는 빈 건물에 두고 간 것이었다.

그때까지 강아지를 그다지 좋아하지도, 싫어하지도 않고 별관심이 없던 나는 무심히 지나치다가 이 아이를 보게 되었는데, 외롭고 슬프게 있던 그 아이의 착한 눈빛이 집에 와서도 계속 떠올라 도저히 그냥 있을 수가 없었다.

결국 다음 날 아무 준비도 안 된 상태에서 바로 이 아이를 데려왔고, 청량하게 피로를 날려 주는 허브 페퍼민트처럼 외롭고 힘들었던 날들은 잊어버리고 상쾌하고 새로운 삶을 살라는 의미에서 '민트'라는 이름을 지어 주었다.

민트는 오자마자 큰 국자 가득 열 번을 넘게 사료를 먹어치우고 물을 한 양동이 가득 먹었다. 나는 탈날까 걱정이 되어 말렸는데, 남편은 민트가 애처로웠는지 처음 한 번은 과하더라도 원하는 만큼 실컷 먹이고 싶었다고 했다.

똑똑한 민트는 우리에게 오기 전 굶었던 아픈 기억 때문인지 한 달쯤 지날 때까지 사료를 주면 잠시 먹은 후 땅을 파서 남은 사료를 숨겨 두고는 해 우리의 마음을 아프게 했었다.

우리는 그런 민트를 보며 더 잘해 주고픈 마음이 들었다. 민트를 위한 집을 만들고 예방접종과 필요한 약을 먹이고, 목욕을 시키고 넓은 마당에서 같이 놀아 주며 민트에게 새로운 삶을 만들어 주었다.

사실 이전부터 두 아이들은 강아지를 키우고 싶어 했는데 엄마인 내가 강하게 거부했었다. 나는 아이들이 동물들을 살짝 만지기만 해도 씻고 또 씻겨야 했었으니까.

두 살 무렵 온 민트가 네 살이 되었을 때, 담덕이 우리 집에 오게 되었다. 민트를 사랑으로 키우긴 했지만 나는 그냥 밖에서 키우는 우리 집 개로만 생각했고 더 이상 다른 개를 키울 생각은 없었다.

그런데 남편과 아이들은 민트가 외로우니 강아지가 한 마리 더 있으면 훨씬 좋을 거라고 나를 조르고 졸랐다. 아버지께서 돌아가시고 우울해 있던 나는 엉겁결에 허락해 버렸다. 민트가 외래종이니 이번에는 전통 우리 개를 키우면 어떻겠느냐는 나의 말에, 모두들 허락해 주는 것만으로도 고맙다며 좋아했다. 우리고유의 전통개 중에서 굳이 삽살개를 택한 것은 소녀시절부터 좋아하는 〈이름없는 여인이 되어〉란 시에 삽살개가 나오기 때문인지도 모르겠다.

담덕을 보자마자 반한 내가 집에서 키우기로 결정하고 나니 밖에서 생활하는 민트가 마음에 걸렸다. 그래서 민트도 집 안으로 데려오려고 여러 번 시도해 보았지만 민트는 강하게 거부했다.

두 살 때 버려져서 우리에게 오기 전에도 밖에서 생활했고 우리 집에 와서도 계속 밖에서 자유로이 생활하던 아이라서 그런지 집 안에서의 생활을 원하지 않았다. 집 안으로 들어오지 않으려고 현관에서 침울하게 꿈쩍도 하지 않는 민트의 마음을 우리는 존중해 주었고, 새로 온 담덕이로 인해 민트가 마음을 다치지 않게 민트 앞에서는 굉장히 신경을 썼다.

민트는 속 깊은 천사 같은 아이였다. 아침나절 담덕이와 같이 산책하며 신나게 둘이 놀 때에도 어린 담덕이를 배려해 주었고, 내가 담덕이를 씻겨 집으로 들어갈 때에도 이해해 주는 듯 빙긋이 바라보았다. 유난히 사람을 좋아하던 민트는 그렇게 일곱 살까지 우리와 살았다. 지금도 문득문득 하늘나라에 있는 민트가 생각나면 가슴이 먹먹해지며 많이 보고 싶다. "민트야, 사랑해♡"

담덕은 2월에 태어나서 다른 집에 이미 입양되었던 아이였다. 그런데 어떤 이유에서인지 못 키우겠다고 바로 내놓았고, 그 덕에 우리와 가족의 연을 맺게 되었다.

약간의 결벽증이 있는 나는 담덕을 집 안에서 키우기로 하면서 처음 일주일 동안 매일 온몸을 씻기는 목욕을 했다. 아무리 씻어도 약간의 퀴퀴한 냄새가 사라지지 않는 것 같아서였다.

낯선 환경에 적응하기 위해 힘들었을 담덕의 마음을 헤아리지 못하고 그 약간의 퀴퀴한 냄새를 핑계로 다들 같이 자려 하지 않을 때, 담덕이 잘못될까 봐 길게 줄을 만들어 침대 머리맡에 묶고 같이 자며 쓰다듬어 준 아이가 큰아이였다. 큰아이는 우리가 집 안에서 강아지 키우는 법에 서툴러 허둥댈 때 담덕이 먹으면 좋은 사료와 먹어서는 안 될 것들, 필요한 것들을 미리 찾아보고 알려 주었다.

남편과, 큰아이도, 작은아이도 담덕이라는 공통된 관심 앞에서는 다들 감정이 느슨해지고 마음속 사랑이 자연스럽게 표출되었다. 그것은 서로가 가족을 향한 마음 같았다.

남자들 셋에 담덕까지 더해져 남자들 넷이 되니, 나는 챙겨야 할 것들이 늘어 몸은 더 힘들었다. 하지만 집 안에서 큰아이의 웃음이 다시 보이기 시작하고, 작은아이가 까르르거리고, 또 아이들에게 강요하는 것에 익숙해하던 남편이 약간 물러나 있는 모습이 더없이

좋았다. 담덕은 금세 어엿한 우리 집 막내로, 두 아이들의 동생으로
자리 잡았다.

담덕은 아침에 나를 따라 바깥 활동을 마치고 집으로 오면 늦게 일어나는 아빠를 찾아 꼬리를 흔들며 아침 인사를 한다. 처음 한두 번만 "담덕, 아빠한테 산책 다녀왔다고 인사해야지." 하며 가르쳤을 뿐이다.

우리는 담덕에게 거친 말을 사용한 적이 없고 사소한 것에도 칭찬을 하며 많은 대화를 나눈다.

"아유, 담덕, 밥 다 먹었네!"

"기특한 담덕, 잘 기다렸어요."

"담덕, 우리 집 지켜 주어 고마워."

"봐! 비가 와, 담덕."

"담덕, 기분이 안 좋아? 산책 나갈까?"

"담덕, 엘리와 그레이스가 밤새 꽃을 피웠어. 인사 나눌까?"

등등 하루에도 여러 번 사랑한다고 말해 주고 가능하면 많은 것을 설명해 준다. 그래서인지 굳이 강요하지 않아도 말을 잘 알아듣고 잘 따른다.

두 아이들은 내가 담덕을 키우는 것이 자기들이 어렸을 때와 똑같다며 말하곤 한다.

"엄마가 담덕에게 하는 것을 보면 어렸을 때 엄마가 우리들에게 해 주셨던 것들이 생각나요."

담덕이 밖에서 처음 살구나무 밑에 응가를 했을 때에도 엄청 칭찬하며 치우지 않고 며칠을 그냥 두었더니, 이후부터는 계속 그 자리에서 여러 번 원을 그리며 응가를 한다.

아침 식사를 위해 형아 깨워 오라면 엉덩이를 흔들며 형아 방으로 가서 침대 위에서 한참을 뒹굴며 좋아하는 담덕은 참 사랑스러운 우리 집 막둥이다.

작은아이가 군 입대를 하고 마음이 허전해서 내가 힘들어할 때에도 담덕은 늘 곁에서 친구가 되어 주었다. 작은아이가 입대 후 옷가지를 보내왔을 때에는 그리움에 눈물이 왈칵 쏟아지는데 더 울 수도 없었다. 형아 냄새가 밴 옷이 왔는데 엄마는 울고 있고 형아는 보이지 않으니 담덕은 형아에게 큰일이 생긴 줄 알았던지 형아 걱정에 심하게 끙끙 앓으며 물도 먹지 않으려 했다.

이후 나는 담덕 앞에서 작은아이 얘기를 잘 꺼내지 않는다. 말을 알아듣고는 창가로 가서 밖을 내다보며 하염없이 기다리기 때문이다. 나는 남편과 아직 담덕이 알아듣지 못하는 '군대, 군대'라는 말로 작은아이 얘기를 표현한다.

담덕은 엄마인 나 이외에 다른 사람에게는 충성을 허락하지 않는다. 가족끼리도 마찬가지다. 남편도, 두 아이들도 담덕에게 주인은 아니다. 오로지 엄마인 나만 담덕의 주인인 듯하다. 가족들과 잘 지내다가도 잘 때나, 외출할 때, 먹을 때가 되면 엄마만을 따르려 하기 때문이다.

담덕이 엄마 다음으로 좋아하는 사람은 작은 형아다. 큰아이가 아무리 산책을 시켜 주고 놀아 주어도 서열 2위인 작은아이의 자리는 늘 비워 놓는다. 어떻게 작은아이가 담덕이의 마음을 얻었는지는 둘만이 아는 비밀인 듯하다. 아무리 한참 떨어져 있다 만나도 담덕은 작은아이에게 한결같은 사랑을 표현하고 따른다.

반려견에 대한 사랑은 책임감인 듯하다. 두 아이들이 훌쩍 커 버려서 예전보다 훨씬 편한 삶을 살 수 있는데, 늦둥이 담덕이가 있어 자유롭지 못할 때가 많다. 여행을 가는 것도 심사숙고 후 포기하는 경우가 많고 좋은 분들과의 모임, 전시나 공연 등등 많은 것에서 제약을 받고 얽매이게 된다. 헬렌과 스코트 니어링 부부의 삶을 좋아하고 헨리 데이비드 소로우의 『월든』을 가까이하는 생활을 원하는데, 담덕으로 인해 자유롭지 못한 생활을 해야 되는 경우가 종종 생기고 단순한 생활을 포기해야 되는 경우도 생긴다.

담덕의 엄마인 나는 사람인지라 겨울날 추운 아침 여느 때처럼 일어나 산책을 나가려 하면 망설여질 때가 있다. 남편은 나에게

"당신이 까다롭게 키우니 그렇지. 대충대충 더러워도 넘어가고 하루쯤 산책 안 나가도 아무 일 없는데 꼭 그렇게 해야 돼?"

라며 따지듯 이야기하지만, 엄마가 되고 보면 그게 잘 안 된다. 이 아이가 하루 종일 오전의 이 산책을 얼마나 기다렸을 것인가?

13년 전쯤 라벤더 공부를 위해서 일본의 홋카이도에 있는 농원을 방문했다가 한 서점에서 일본어로 된 『타샤튜더』 할머니 책을 보고 넋을 잃은 적이 있었다. 이후 우리나라에서도 타샤튜더 책이 많이 나와 다양하게 접할 수 있었다.

우리와는 생활 방식이 다르지만, 타샤 할머니는 코기들과 같이 자고 같이 생활하셨다. 그런데 담덕이는 코기들과 달리 털이 굉장히 많고 길어 잠시만 야외에서 생활해도 뭉쳐서 지저분해져 빗질을 해도 하나로 엉켜 빗기지 않는다.

크리스마스 날이나 추운 겨울날 마늘을 넣은 닭백숙을 해 주는 것도 타샤 할머니에게서 배운 거다. 타샤 할머니가 코기들에게 겨울철 감기 예방을 위해 마늘을 먹인다고 하셔서 우리도 담덕에게 마늘을 넣어 푹 끓인 닭백숙을 종종 해 준다.

담덕이 없었으면 나의 외형적인 삶은 훨씬 편하고 외출도 자유로
웠을 것이다. 늘 어딘가 얽매여 있는 기분으로부터 벗어날 것이고
바쁜 농번기 아침도 더 여유로울 것이다. 반려견을 키우는 게 얼마
나 힘든 일인지 안다. 그렇다고 반려견을 버려서는 안 된다는 것은
더 잘 안다.

　가끔씩 버려진 개들이 돌아다니는 것을 목격하게 된다. 몇 년 전
초가을 비 그친 어느 날 아침, 집 위쪽 산책길로 예쁜 코트를 입고
굽 높은 구두를 신은 여자분이 점무늬가 많은 개를 데리고 우아하게
산책하는 것을 본 적이 있다. 담덕이와 같이 집 가까이에 있는 온천
을 가려고 운전 중이던 나는 그 곁을 지나치며 "어머나, 엄마도 저
렇게 우아하게 담덕이와 산책을 해야겠네. 참 보기 좋다."라며 중얼
거렸었다.

이후 온천을 마치고 다시 집으로 돌아오는데, 아까 본 그 점 많은 개가 수태골 주변을 서성이고 있었다. 나는 이곳까지 걸어오려면 힘들었겠다며 아무렇지 않게 집으로 돌아왔는데, 남편이 들려준 얘기는 충격적이었다.

어떤 남자분이 이른 시간에 우리 집 아래쪽 길가에 차를 세워 두고 한참을 있기에 농원 위에서 바라보니, 갑자기 여자분이 급하게 차에 오르고 떠나 버리더라는 거다. 점 많은 그 아이를 그렇게 버려 두고 가 버린 것이었다.

그 아이는 그렇게 그곳에서 한참을 기다리다 자기를 버린 엄마 냄새를 찾아 산책했던 방향 위쪽 길에서 서성이고 있었던 것이었다. 나는 마음이 아파 남편의 만류에도 그 아이를 찾아 다시 차를 돌려 갔지만, 그 아이는 보이지 않았다.

이런 비슷한 일이 있을 때마다 남편은 나에게 말한다. 당신이 끝까지 책임질 수 있는 것도 아닌데 어떡하려고 그러냐고…. 농원 일도 버거운데 버려진 개들을 데려와서 어떻게 할 거냐고….

그래도 나는 마음이 아파 이런 날은 쉽게 잠이 들지 않는다. 남편 말이 맞다. 버려진 그 아이들을 잠시 챙겨 줄 수는 있지만 내가 끝까지 보호해 주는 건 힘들 테니까.

책임감으로 끝까지 같이하는 보살핌이 반려견에게 더없는 행복이라는 것을 잘 알기에 몸이 수고롭고 번거로움이 많아도 담덕의 엄마로서 힘을 내게 된다. 물론 담덕은 그만큼 사랑스러운 나의 아들이다.

　사랑하는 가족들과 지금 이 아름다운 자연에 사는 것 자체가 하루 하루 감사하고 행복하다는 생각이 든다.

　처음처럼, 세월이 흐른 지금도 나를 아름답게 바라보는 남편이 있고 항상 나를 믿고 사랑해 주는 든든한 두 아이들이 있다. 그리고 굳이 말을 하지 않아도 나의 행동을 파악해 가까이서 같이 움직여 주는 담덕이가 있다.

내가 어떤 생각을 하든 담덕은 다 이해해 주고, 내가 어떤 말을 하든 담덕은 항상 내 편이 되어 준다. 이제 훌쩍 커 버린 두 아이들은 외출할 때마다 "담덕, 엄마 잘 부탁해."라며 말하곤 한다.

'담덕이가 무슨 생각을 하는 걸까?' 궁금해하며 쳐다볼 때가 많은데, 담덕은 그럴 때마다 늘 순수하고 맑은 눈빛으로 변함없는 사랑을 나에게 전달한다.

아침나절 담덕과 고요한 자연 속에서 명상하듯 농원 일을 즐겁게 하다 보면 땅이 무엇을 원하는지도 알아듣게 되고 나무들이 주고받는 말들도 이해할 수 있다. 바람이 나의 몸을 감싸며 북돋워 주는 용기도 얻게 되고, 하늘의 구름이 그저 지나가는 것일 뿐이라는 깨달음도 다시 일깨워 준다.

하루하루 나이를 먹으면서 나의 영혼이 나의 말과 행동을 다스릴 수 있기를 늘 노력하게 된다. 돌아가신 아버지가 맺어 준 인연 같은 담덕이 우리에게 온 이후, 몸은 수고롭지만 우리의 삶은 훨씬 더 깊어지고 풍요로워졌다.

담덕과 함께 나는, 우리 가족은 그 사랑을 더하며 살고 있다.